# El tucán y la to

MW01114791

**Fábula ("El tucán y la tortuga").**
**Versión de Yanitzia Canetti**
**Ilustrada por Louise Pigott**

Era un caluroso día de verano. Colorín, un tucán muy colorido, estaba descansando entre las ramas de un árbol.

"¡Qué tranquilidad!", pensó Colorín, "Aquí
puedo descansar sin que nadie me moleste.
¡Ah, cómo me gusta el silencio!"

Pero su tranquilidad duró muy poco.

3

No lejos de allí, cerca del río, vivía Verdolina. Era una tortuga muy habladora, preguntona y bulliciosa. Le encantaba la conversación, el ruido... ¡y sobre todo el chisme!

"¡Qué aburrida estoy!", pensó Verdolina, "No tengo nadie con quien conversar. ¡Qué silencio tan molesto! No se escucha ni el cacareo de una gallina, ni el mugido de una vaca, ni el ladrido de un perro. Solo se escucha el murmullo del río.

"Tengo que irme a otro lugar donde haya muchos animales", se dijo, y se adentró en el bosque.

Verdolina caminó despacio hasta un árbol. ¡Era el árbol donde descansaba Colorín!

—Oye, Pico Grande, ¿me llevas a otro lugar mejor que este? ¡Este lugar no me gusta! ¡Es muy aburrido y silencioso!

—No me llamo Pico Grande —dijo el tucán—.
Me llamo Colorín. Y a mí me encanta este lugar.

—Vaya, tú sí que eres raro —dijo Verdolina—. ¿Cómo te puede gustar un lugar donde no se escucha ni una mosca?

—El silencio me ayuda a pensar, a soñar y a descansar. El ruido me aturde y me molesta.

—Pues a mí me encanta el zumbido de las abejas y el trino de los pajaritos. ¿Acaso no te parece divertido la charla de los papagayos? ¿Acaso no te gustan los truenos durante una tormenta?

Colorín no respondió. Solo deseaba que la tortuga se fuera rápido para volver a retomar su siesta.

Después de escucharla por una hora, le dijo:

—Oye, tortuga, disculpa pero tengo que irme.
Adiós.

—¡Ay, no, no te vayas! —le suplicó Verdolina—.
Llévame contigo en tu pico grande. Llévame a
un lugar que no sea tan silencioso y aburrido
como este.

—Llévame a un lugar donde chillen los monos, donde rujan los jaguares, donde canten los grillos, donde...

—Está bien, está bien —accedió Colorín después de escucharla suplicando por una hora—. Te llevaré con la condición de que no hables en todo el camino.

Verdolina prometió estar silenciosa con tal
de que la llevara a otro sitio, pero... ¿podría
cumplir su promesa?

Colorín la cargó en su pico y echó a volar.
Los primeros cinco minutos, la tortuga no
habló. Pero en el minuto número seis, no pudo
aguantar más y preguntó:

14

—¿Falta mucho por llegar? ¿Será un lugar ruidoso, escandaloso y bullicioso? ¿Habrá gorilas gritones? ¿Habrá muchas ranas haciendo croac croac en un estanque? Las ranas son muy chismosas, pero bueno, a mí me encanta el chisme. Oye, y de casualidad habrá coyotes que aúllen en ese lugar? ¿Y habrá búhos que ululen? ¿Podré tener muchos amigos para charlar? ¿Cantarán los ruiseñores? ¿Crees que...?

—¿Por qué no te callas de una vez? —le preguntó el tucán, aturdido por tantas preguntas y por el intenso calor del verano.

Pero apenas abrió el pico, la tortuga cayó por los aires y vino a dar a un estanque, haciendo un ruido tremendo y salpicando toda el agua.

"Ojalá que haya muchas ranas en ese estanque", pensó el tucán mientras se alejaba batiendo sus alas sin hacer apenas ruido.